好好照顾我的花

图书在版编目（CIP）数据

好好照顾我的花 / 郝广才著；(意) 吉恩卢卡绘. —乌鲁木
齐：新疆青少年出版社，2014.1
ISBN 978-7-5515-4539-6

Ⅰ.①好… Ⅱ.①郝… ②吉… Ⅲ.①儿童文学—图画故
事—中国—当代 Ⅳ.①I287.8

中国版本图书馆CIP数据核字(2013)第303577号
版权登记：图字29-2013-13号

好好照顾我的花

文 / 郝广才
图 / 吉恩卢卡

出版人/徐江
策划/许国萍

责任编辑/许国萍　助理编辑/刘立娜
美术编辑/刘小珍
法律顾问/钟麟 13201203567（新疆国法律师事务所）

出版发行/新疆青少年出版社
（地址：乌鲁木齐市北京北路29号　邮编：830012）
经销/全国新华书店
印制/北京昊天国彩印刷有限公司
开本/889mm×1194mm　1/24
印张/4.25　字数/2.2千字
版次/2014年2月第1版
印次/2014年2月第1次印刷
印数/1-6 000册

书号/ISBN 978-7-5515-4539-6
定价/38.00元

好好照顾我的花

文 郝广才　图 吉恩卢卡

CHISO 新疆青少年出版社

如果你是水，便应当做大河。

如果你是动物，便应当做雄狮。

如果你是男人，便应当做一个巨人。

巨人莫亚的房子非常大，

没有管家是不行的。

他的老管家退休前，

承诺会为他找一个新管家来。

结果来了一个长得像
紫罗兰的女孩。
她的名字叫罗兰。
巨人看罗兰这样瘦小，
心里怀疑她可以做好
管家的工作吗？
但莫亚急着需要人帮忙，
只好先试用看看。

每天，天一亮，
罗兰便起床做早餐。

当巨人一睁开眼睛，

罗兰便把早餐送到他的房间。

整天，除了做饭，

罗兰就到处洗洗擦擦，

她让任何一道射进屋里的阳光，

都照不到一点灰尘。

巨人不是看书，就是在写东西。

不是画画，就是在想事情。

他有时好像忘记了

房子里还有罗兰这个人。

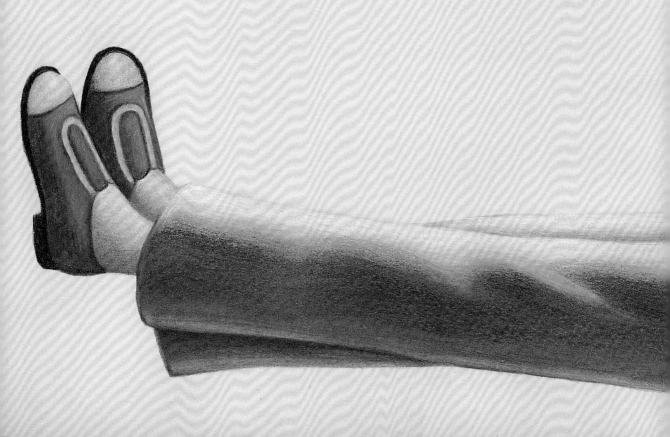

除非罗兰打碎了巨人心爱的宝贝。

巨人虽然会骂罗兰笨，

但他发过脾气后，

也会觉得不好意思。

巨人会弹琴给罗兰听。

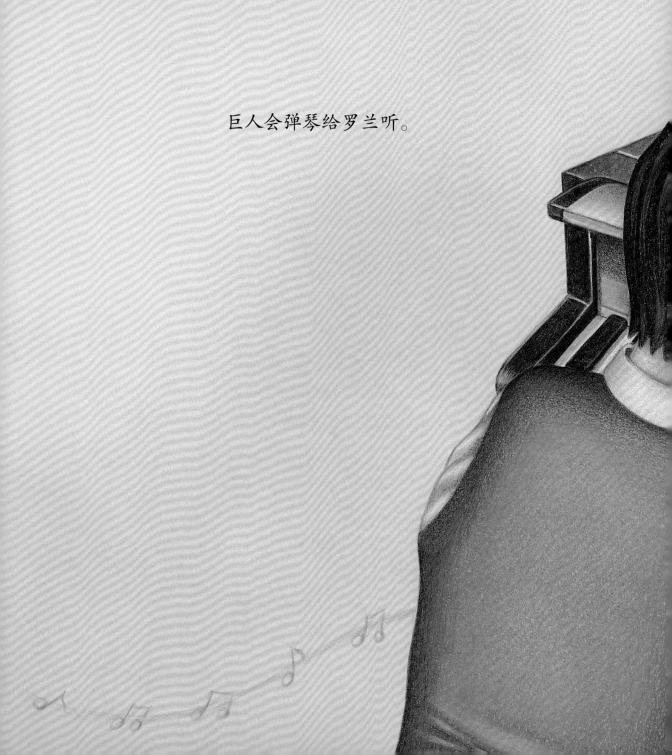

或为罗兰念一个故事。

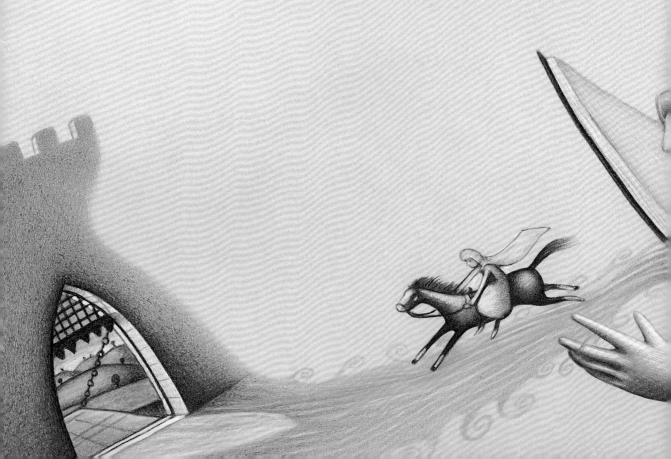

时间一点一滴地过去，
他们俩的感情也一点一滴地增加。

罗兰想让屋子里有更多的生命，
她开始种花。

罗兰像照顾小孩一样，
细心养花。

花有好的主人，

自然会把最美丽的生命绽放出来。

于是，巨人的房子充满着新的色彩。

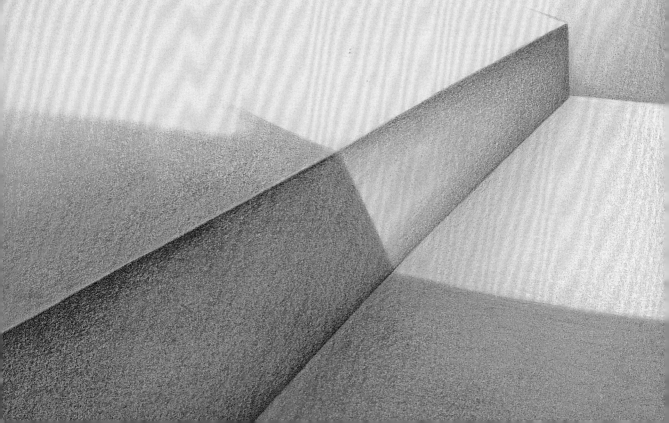

有一天，巨人对罗兰说，

他要出门去，过一段时间就回来。

他没有告诉罗兰他要去哪里，

也没有说要去做什么，就走了。

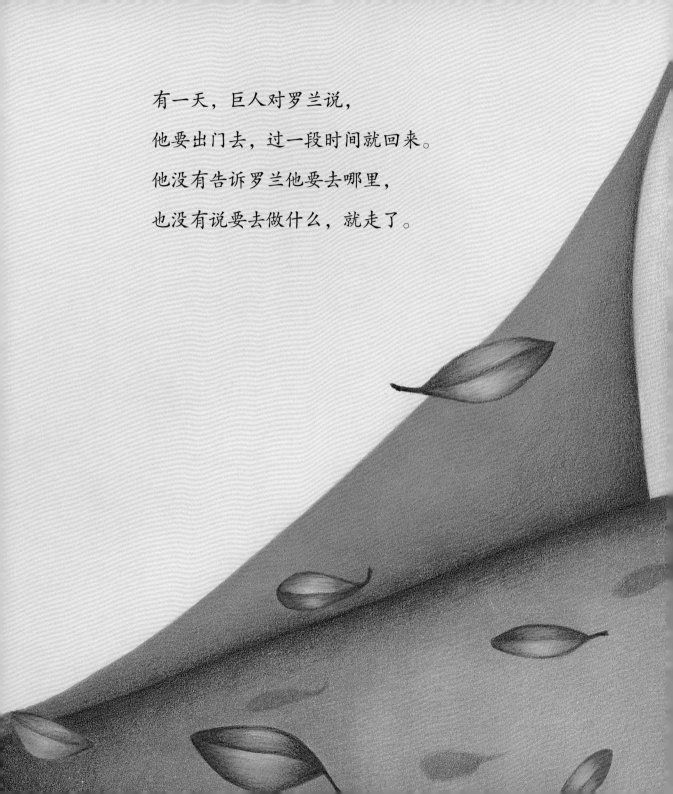

巨人不在，

罗兰没什么可忙的，

她总是静静地发呆，

想着莫亚明天就会回来。

等待会让时间的脚步陷入

深深的雪地中，

前进得费力又缓慢。

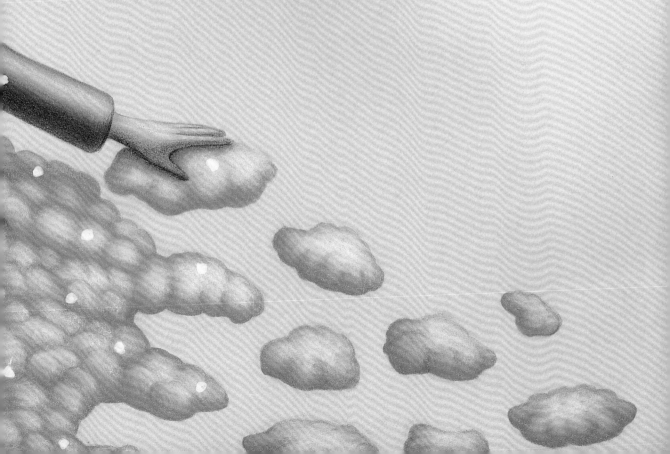

罗兰决定把她的脑子

空点地方出来。

除了莫亚，她要装别的东西进去。

她把巨人的书，一本一本拿来认真看。

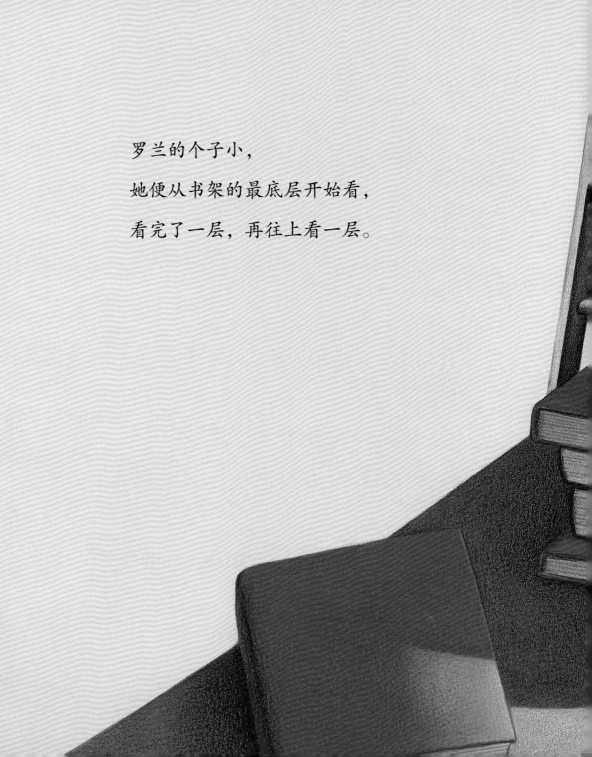

罗兰的个子小，

她便从书架的最底层开始看，

看完了一层，再往上看一层。

有一天，当她想拿放在书架最上层的一本书时，
罗兰发现她一站起来就拿得到，用不着爬梯子。
她长高了。不，应该说她变高了。

罗兰不再是个小不点，她可以轻松地向下伸手扭转门把手来开门，不像以前开门时总要踮起脚、伸高手，才能把门打开。她现在不比莫亚矮。

罗兰决定离开。

她唯一舍不得的是她的花，

但这点牵挂并没有绑住她。

罗兰留下一封信，要巨人好好照顾她的花。

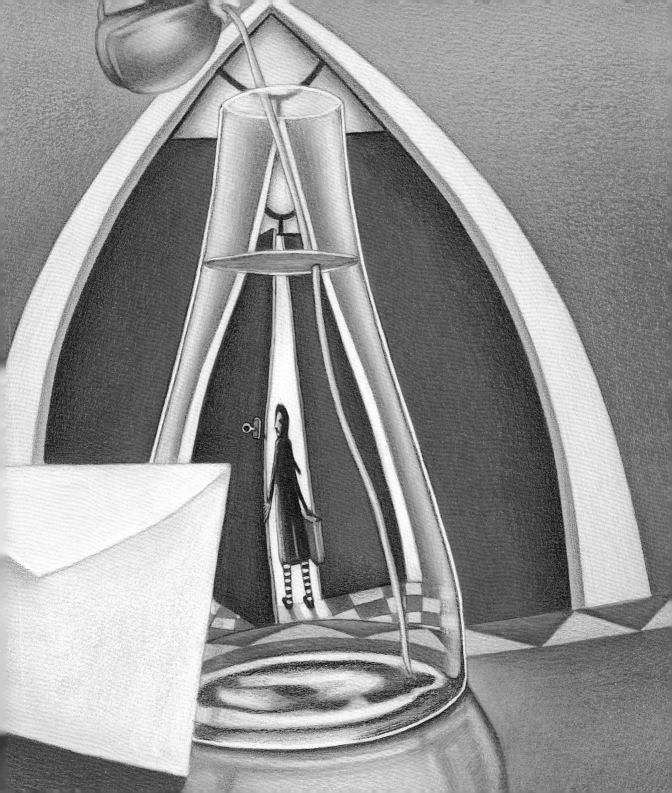

大雨中，巨人回来了。

莫亚带着一身湿气冲进门，他本来以为会有

一条干毛巾递上来，结果只有空空的屋子等着他。

他边走进屋边叫罗兰，结果只听到自己的回声。

终于，莫亚看到罗兰的信了。

外面的雨将停，他心中的雨

才要开始下。

巨人请了新管家。

"咦，咖啡怎么有焦味？
连煮咖啡的智商都没有，
以后还不知道会出什么错？"

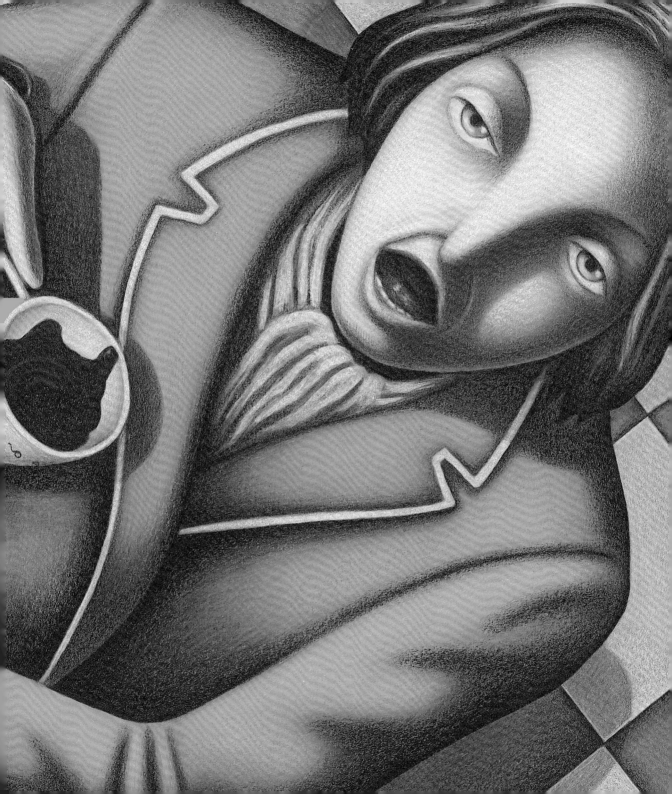

走了一个管家，
又来了另一个。

"唉，叫她找本书
都找不到。她该
不会是文盲吧？"

"天啊，讲过多少次，

沙拉不要放葡萄干，

她就是听不懂。

人笨凡事难啊！"

人一个个来，人一个个走。

莫亚就像一个装满炸药的火药库，

一点小小的火星，就会引来大爆炸。

没有人会接近火药库的。

莫亚一个人，日子越过越差。

他像没有浇水的植物，

一天天走向枯萎。

有天早上，莫亚起身下床，

结果跌倒在地上。

莫亚抬头看着他的床，

吓了一跳。

他变小了。

莫亚费力地把门打开，

现在他明白罗兰以前有多辛苦。

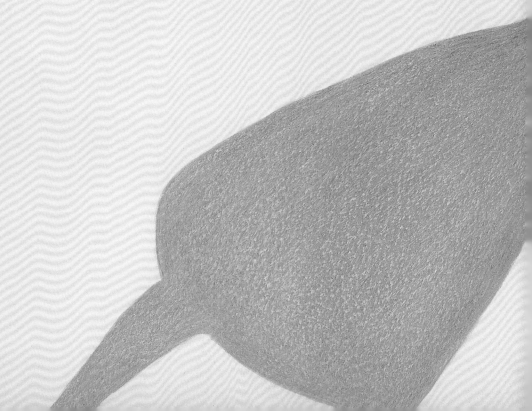

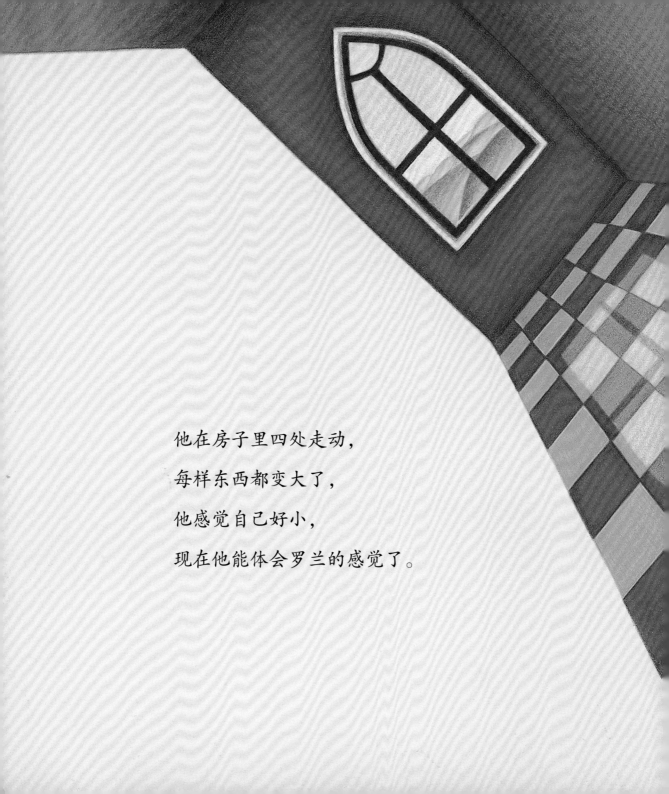

他在房子里四处走动，
每样东西都变大了，
他感觉自己好小，
现在他能体会罗兰的感觉了。

鱼离开了水就很难活下去。

莫亚在屋子里的各个角落，

寻找罗兰的气味，但怎么努力也找不到。

罗兰留下的只有她的花。莫亚看着

满屋凋谢的花，想起罗兰要他好好照顾花。

莫亚决定不让这些花枯萎。

他开始学着如何照顾花。

在莫亚的照顾下，

花又恢复了生机。

莫亚也在院子里种花。

不久，他的院子

就成了一座花园。

莫亚还建造了一个花园迷宫，
让附近的小孩都来玩。他喜欢
和小孩在一起，小孩也喜欢他。

孩子的快乐和花的美丽，

慢慢地填满了莫亚心中的洞，

那个因罗兰离开

而留下的洞。

一天下午，莫亚面朝黄土，背对蓝天，
努力地整理花园，汗水一滴滴落在土中。

然后，他直起身子，闭着眼睛，
享受和风吹来的清凉。

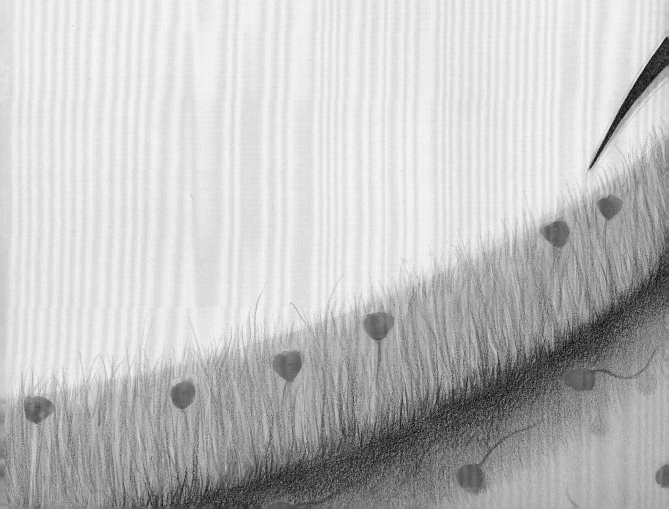

莫亚张开眼睛，发现他回到了
原来的高度。不，还更高一点，
他可以看得更远。

远远地，他看到一个女孩
向他走来。

那高高的女孩好像是罗兰……

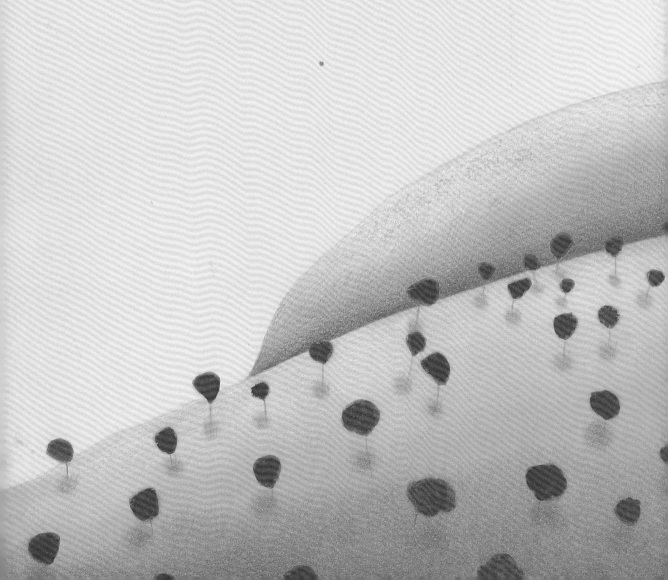

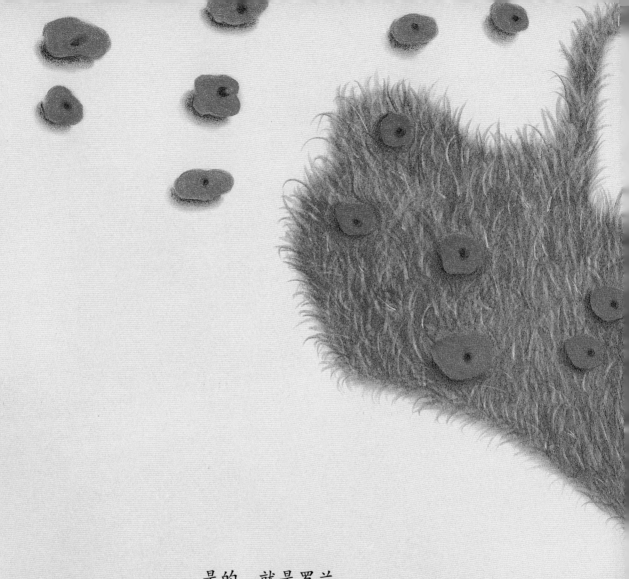

是的，就是罗兰。

当鱼离开水的时候，

鱼会活不下去，

水也会失去生命。

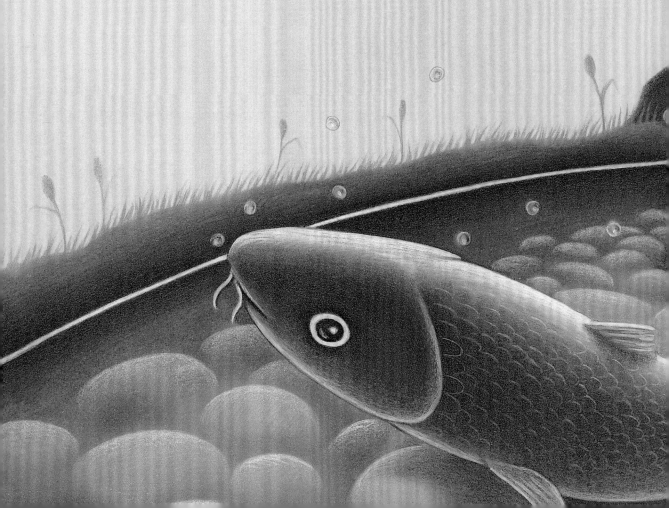

现在，罗兰和莫亚可以看得
一样高、一样远。

莫亚再也不是罗兰的巨人。

如果你是石头，便应当做磁石。

如果你是植物，便应当做玫瑰。

如果你是人，便应当做恋人。